**Anónimo**

# Elecciones de 1879

**Anónimo**

# Elecciones de 1879

Reimpresión del original, primera publicación en 1878.

1ª edición 2024 | ISBN: 978-3-36805-092-4

Verlag (Editorial): Outlook Verlag GmbH, Zeilweg 44, 60439 Frankfurt, Deutschland
Vertretungsberechtigt (Representante autorizado): E. Roepke, Zeilweg 44, 60439 Frankfurt, Deutschland
Druck (Imprenta): Books on Demand GmbH, In de Tarpen 42, 22848 Norderstedt, Deutschland

# ELECCIONES DE 1879

## LEYES ELECTORALES VIJENTES

### Manifiesto del Partido Nacional.

SANTIAGO DE CHILE:

1878.

# MANIFIESTO DEL PARTIDO NACIONAL

El próximo Congreso está llamado a ejercer sobre los destinos de la República una influencia especial, cuya importancia debe despertar en alto grado el celo i patriotismo de todos los ciudadanos. Estableciendo la manera en que ha de reformarse la Constitucion, puede preparar esta reforma para que el pueblo sea consultado sobre ella, o quizá verificarla por sí mismo invistiéndose de un mandato ilimitado, bien superior al de las lejislaturas ordinarias. Esta sola consideracion dará a las funciones del futuro Congreso un carácter ante el cual la abstencion o la indiferencia de los ciudadanos pueden ser el oríjen de errores o desaciertos que comprometan o esterilicen los progresos hasta aquí con tantos sacrificios adquiridos, o detengan la marcha de la República hácia el establecimiento definitivo de un réjimen de verdadera i sólida libertad.

Por mas de un tercio de siglo ha vivido la República bajo el imperio de las actuales leyes fundamentales; pero los progresos alcanzados en los hábitos de la vida pública, la mas ámplia instruccion difundida en la sociedad, el mayor desarrollo de la riqueza i el sentimiento del órden i tranquilidad interior sólidamente arraigado, reclaman en aquellas instituciones una forma mas propia i adecuada a estas diversas conquistas.

Persiguiendo en esta reforma las mas firmes garantías de las libertades individuales i políticas bajo sus diversas manifestaciones, preciso es, no obstante, no perder de vista los hechos existentes, para alejar los peligros de transformaciones i sacudimientos violentos.

La opinion pública no siempre se ha manifestado uniforme en todas las materias ligadas a este importante propósito, i a veces ha dado a conocer un antagonismo que no permite esperar la completa unidad de esfuerzos. Espondremos sobre los principales puntos las ideas que en este órden deseamos ver prevalecer.

Aspiramos a que las instituciones fundamentales reconozcan i afiancen firmemente todos los derechos individuales i políticos de los ciudadanos, a que las autoridades que el pueblo se dé no puedan desconocer jamas su carácter de meros mandatarios, i a que el ejercicio de sus atribuciones lleve siempre consigo una ámplia i bien definida responsabilidad. La accion de los poderes públicos no debe alcanzar a entrabar la actividad individual, sin abandonar, no obstante, el fomento i decidida proteccion de aquellos altos intereses sociales que en la presente condicion del pueblo no pueden obtenerse por solo esfuêrzos privados. Deberán, pues, las autoridades protejer i difundir la instruccion comun como la mas firme base del bienestar i progreso de la República.

Queremos la consecucion de estos fines sin compresiones i sin violentar los derechos de los individuos en los sentimientos que forman la parte mas importante de su personalidad.

En este órden de ideas debemos señalar especialmente, atendidas las presentes circunstancias, las que se refieren a las atribuciones de los poderes públicos bajo el aspecto de las creencias relijiosas de los individuos. Cualesquiera que sean los efectos que haya producido o produzca en otros pueblos la absoluta i completa separacion de la Iglesia i el Estado, no deseamos el rompimiento de relaciones que aunque ocasionadas a sérias dificultades no pueden sin embargo desaparecer sin mas trascendentales peligross. En un pueblo en su inmensa mayoría de católicos, no puede ejercerse sobre ellos derechos que ofendan sus principios, ni privarse tampoco a los demás ciudadanos del amparo que les es debido contra pretensiones a una unidad que no podria obtenerse sin despojarlos a su vez de derechos igualmente sagrados. Si estas contrapuestas opiniones quedasen en la esfera de la vida comun i no tratasen de obtener el poder público para hacerlo servir a fines de represion, no existiria un grave peligro de perturbaciones que las leyes fundamentales debieran precaver. Miéntras no desaparezca este inconveniente, las relaciones de la Iglesia i el Estado deben mantenerse i reglarse por la lei.

Debemos señalar tambien la constitucion del poder municipal con vida propia para administrar los intereses de cada localidad; pero sin injerencia en la marcha política de la República. No se concilia en las municipalidades el ejercicio simultáneo de atribuciones bajo ambos caractéres sin que se sacrifique uno de ellos.

Pretendemos igualmente que el poder judicial, al mismo tiempo que conserve una responsabilidad real i efectiva de sus actos, mantenga la independencia de sus funciones, i no se haga sentir en ellas la influencia de la única autoridad que interviene en el nombramiento i ascenso de jueces.

La situacion presente de la República impone al futuro Congreso otros deberes no ménos trascendentales, pero quizá mas urjentes. La República se halla bajo el peso de una gran deuda, el tesoro nacional con ingresos inferiores a los gastos, postrada la industria i bajo un sistema tributario que no facilita su desenvolvimiento. El futuro Congreso debe restablecer con mano firme el equilibrio entre las entradas i los gastos, vijilar el mantenimiento del crédito del Estado mediante el exacto cumplimiento de las obligaciones contraidas, facilitar el desarrollo de la industria nacional i reformar los impuestos en conformidad a estas necesidades.

Animados del deseo de que se realicen estos propósitos, nos dirijimos a nuestros conciudadanos que los abriguen tambien por su parte, para que empeñen todo su celo i patriotismo a fin de que se elijan para la próxima lejislatura representantes que profesen los mismos principios.

Ante todo debemos procurar que las elecciones sean la espresion lejítima de la voluntad del pueblo, sin aceptar ni tolerar una injerencia estraña, cualquiera que sea su forma o el oríjen de que venga. El Presidente de la República ha declarado de una manera solemne que reconoce el deber de no entrabar el ámplio i libre ejercicio del voto popular, i si desgraciadamente hubiere quien olvide esta primordial obligacion, debemos combinar i unir nuestros esfuerzos para hacerla respetar i cumplir en toda su amplitud.

La completa libertad del sufrajio es la base fundamental de nuestro sistema de gobierno. Hagámosla, pues, efectiva en los hechos, para que el próximo Congreso le dé en las instituciones garantías que no permitan que deje de ser jamas una realidad.

Santiago, Setiembre 1.º de 1878.

# COMISION DIRECTIVA

DEL

# PARTIDO NACIONAL.

ANTONIO VARAS,
Presidente.

SILVESTRE OCHAGAVÍA,
Vicepresidente.

Salustio Barros.
José Besa.
Domingo Bezanilla.
Evaristo del Campo.
Enrique Cazotte.
J. Manuel Cánepa.
Anjel Cruchaga.
Juan Domingo Dávila.
Tomás Echavarría.
Juan de D. Fernandez.
J. Bruno Gonzalez.
Claudio Manterola.
Pedro N. Marcoleta.
Miguel Morel.
Ramon Murillo.
Jovino Novoa.
J. Vicente Ovalle.
Diego Antonio Ovalle.

Matías Ovalle.
Francisco J. Ovalle O.
V. Perez Rosales.
Julian Riesco.
J. E. Rodriguez.
José Agustin Salas.
Waldo Silva.
Rafael Sotomayor
Gabriel Tocornal.
J. Domingo Tagle E.
Luis Urzúa.
M. Valenzuela Castillo.
Joaquin Valledor.
J. Eujenio Vergara.
Francisco Vergara R.
Emilio Velasco.
Horacio Zañartu.

*Francisco Puelma, Tomas R. Torres, Pedro Montt,*
Secretarios.

*Santiago, noviembre 12 de 1874.*

Por cuanto el Congreso Nacional ha discutido i aprobado el siguiente

## PROYECTO DE LEI.

### TITULO I.

#### DEL RÉJISTRO DE LOS ELECTORES.

**Art. 1.** En el rejistro de electóres que debe formarse en conformidad a las prescripciones de esta lei, se inscribirán los chilenos naturales o legales que quieran habilitarse para ejercer el derecho de sufrajio i que reunan los requisitos siguientes:

1.° Veinticinco años de edad, si son solteros, i veintiuno si son casados;

2.° Saber leer i escribir;

3.° La propiedad de un inmueble o de un capital en jiro de la importancia que la lei requiere, o el ejercicio una industria o arte, o el goce de un empleo, renta o usufructo que guarden proporcion con el valor del inmueble o con el capital en jiro de que acaba de hablarse.

El valor del inmueble o del capital en jiro será determinado, para cada provincia, por la lei que debe dictarse en conformidad a lo dispuesto en el art. 8.° de la Constitucion.

**Art. 2.** No serán inscritos, aun cuando reunan los requisitos enumerados en el artículo precedente:

1.° Los que por imposibilidad física o moral no gocen del libre uso de su razon;

2.° Los que se hallaren en la condicion de sirvientes domésticos;

3.° Los que a la sazon se halláren procesados por delito comun que merezca pena aflictiva o infamante, i los que por el mismo delito hubieren sido condenados, salvo que hayan obtenido rehabilitacion;

4.° Los que hubieren hecho quiebra fraudulenta i no hubieren sido rehabilitados;

5.° Los que hubieren aceptado empleos o distinciones de gobiernos estranjeros sin permiso especial del Congreso, salvo que hayan obtenido rehabilitacion del Senado;

6.° Las clases i soldados del ejército permanente, de la marina i de los cuerpos de policía.

**Art. 3.** El rejistro de los electores se formará por subdelegaciones cuya poblacion no baje de dos mil habitantes, subdividiéndose en secciones que pueden ser de ciento cincuenta i nunca deben pasar de doscientos calificados. Las subdelegaciones cuya poblacion sea inferior a esa cifra, se agregarán a la siguiente o siguientes, i en defecto de éstas, a la anterior, segun el número de órden.

El rejistro se formará en un libro en folio cuyas hojas se timbrarán con el sello de la Municipalidad.

En cada llana, dejando un márjen a la izquierda, se anotarán en columnas verticales i paralelas entre sí, el número de órden del inscrito, su nombre i apellido paterno i materno, el lugar de su nacimiento, su domicilio o residencia actual, su estado i su profesion o jiro.

El rejistro deberá conformarse en todo al modelo anexo que se acompañará a esta lei bajo el número.....

**Art. 4.** El rejistro de electores se renovará cada tres años, en las épocas que señala esta lei.

## TITULO II.

### DE LA FORMACION DEL REJISTRO.

**Art. 5.** El diez de octubre del año que preceda a aquel en que hayan de elejirse miembros del Congreso i Municipalidades, los intendentes i gobernadores publicarán en todos los periódicos del departamento respectivo, i a falta de éstos, por carteles, una lista de los ciudadanos activos que paguen mayor contribucion agrícola, de patentes industriales, o de alumbrado i sereno, tomadas colectivamente; convocándolos juntamente a reunirse el veinte del mes espresado, a las doce del dia, en la sala municipal i en sesion pública, para constituir la corporacion que debe designar la junta calificadora correspondiente.

Dicha lista contendrá precisamente un número de nombres que exceda en la mitad al que la lei exije para proceder a esa designacion.

Se reputarán contribuyentes, para los efectos de esta lei, el propietario si paga la contribucion en el departamento, i en el caso inverso, el arrendatario, i el marido i padre que tambien las pagaren por los bienes de la mujer o hijos.

Toda omision o insercion indebida en la lista de mayores contribuyentes debe subsanarse por el primer alcalde de la Municipalipad, para lo cual bastará que los interesados le presenten los recibos de las cuotas de contribucion pagadas en el año último. Si el alcalde se negare indebidamente a rectificar la lista, incurrirá en las penas señaladas por esta lei.

**Art. 6.** La reunion no podrá celebrarse sin la concurrencia de doce miembros en los departamentos que elijan un solo diputado, i en los departamentos que elijan mas de uno, se requiere ademas la concurrencia de dos miembros por cada diputado mas que corresponda elejir.

La lista a que se refiere el inciso 2.° del art. 5.° debe tambien contener los nombres de otro número igual de los ciudadanos que pagaren mayor contribucion despues de los convocados. En caso de inasistencia de uno de los primeros llamados, serán reemplazados por los últimos, segun el órden de sus cuotas, hasta integrar el número requerido por el inciso citado. Si hubiere dos o mas cuotas iguales, decidirá la suerte.

Los ciudadanos llamados a estas funciones son inviolables miéntras desempeñen su cometido, i no podrán separarse sin haber elejido las juntas calificadoras.

**Art. 7.** Constituida la junta de contribuyentes con un número de miembros que exceda en la mitad al establecido en el primer inciso del art. 6.°, elejirá por votos escritos que contengan cada uno un solo nombre, su presidente i su vicepresidente. Será presidente el que obtenga la primera mayoría absoluta o relativa, i vicepresidente el que obtenga la segunda mayoría.

Se escribirán en seguida los nombres de todos ellos en una lista, asignando un número de órden a cada nombre. Se sortearán estos números i se considerarán únicamente como miembros hábiles para nombrar juntas calificadoras a aquellos cuyos nombres correspondan a los primeros números, hasta completar doce en los departamentos que elijan un solo diputado aumentándose este número con dos miembros mas por cada diputado en los departamentos que elijan mas de uno.

Si del sorteo resultare escluidos el presidente o vicepresidente, se procederá por los miembros hábiles a nueva eleccion en la forma que determina el primer inciso de este artículo.

**Art. 8.** Organizada definitivamente la junta de contribuyentes, comunicará al gobernador su instalacion, acompañando una nómina de sus miembros, i procederá a elejir los ciudadanos que deben componer la junta calificadora de cada subdelegacion o subdelegaciones del departamento, de la manera siguiente:

Cada miembro de la corporacion escribirá dos nombres de ciudadanos que estén inscritos en el rejistro de la subdelegacion o subdelegaciones respectivas, i de todos estos nombres se formará una lista a medida i en el órden que vayan leyéndose por el presidente, poniéndose al lado de cada uno de ellos el número que le corresponda; despues de lo cual, se sacarán a la suerte diez números que señalarán a los vocales de cada junta calificadora. Los cinco primeros sorteados serán miembros propietarios i los cinco últimos serán suplentes que entrarán a reemplazar accidental o permanentemente a los propietarios en el órden en que los nombres de dichos suplentes hayan salido de la urna del sorteo.

Hecha la eleccion, se designará el lugar en que deba funcionar cada junta calificadora, prefiriéndose en todo caso para esta designacion los lugares mas centrales i poblados de la subdelegacion, en cuanto fueren conciliables estas dos circunstancias.

No podrán ser nombrados miembros de juntas calificadoras los subdelegados, e inspectores, ni los empleados públicos que perciban sueldo i en cuyo nombramiento, ascenso o destitucion intervenga el Presidente de la República o sus ajentes.

La eleccion de miembros propietarios i suplentes de las juntas calificadoras i el lugar donde deban funcionar se comunicarán al gobernador i a los electos en el mismo dia, o a mas tardar al dia siguiente, por el que haya presidido la sesion, quien hará tambien publicar dicha resolucion en todos los diarios i periódicos del departamento, siendo obligacion de los editores hacer esta publicacion gratúitamente. Donde no hubiere periódico, la publicacion se hará por carteles.

**Art. 9.** El gobernador departamental remitirá el veinticinco de octubre, al que haya presidido la junta de contribuyentes, para que éste remita a cada junta calificadora con la debida anticipacion:

1.° Un ejemplar de la presente lei;

2.° Una razon firmada por el juez o jueces letrados en lo criminal del departamento, de los individuos actualmente procesados por delitos que merezcan pena aflictiva o infamante, i de los que hubieren sido condenados a esta misma clase de pena. Esta razon comprenderá, respecto de los condenados, un período que empezará el primero de julio i terminará el quince de octubre del año en que tengan lugar las calificaciones;

3.° Una razon de los mismos condenados durante los diez años anteriores al primero de julio, suscrita por el secretario de la Corte Suprema de Justicia;

4.° Un cuaderno en blanco, preparado en la forma que dispone esta lei, para la formacion del rejistro i de los que sean necesarios, segun las secciones en que éste haya de dividirse;

5.° Un cuaderno para estender las actas de las sesiones diarias i para la formacion del índice alfabético de los calificados;

6.° El número de boletos de calificacion que se estime necesario en conformidad al art. 25 de esta lei;

7.° Los demas utensilios de escritorio.

El presidente mencionado exijirá de las autoridades respectivas los documentos i objetos enumerados en los incisos anteriores, si no los recibiere oportunamente.

**Art. 10.** Para llevar a efecto lo prevenido en el número 3.° del artículo anterior, los jueces i tribunales que ejerzan jurisdiccion criminal, remitirán a la secretaría de la Corte Suprema de Justicia, en la primera quincena de julio del año en que tengan lugar las calificaciones, una razon de los reos condenados a pena aflictiva o infamante durante los diez años que hayan precedido al dia primero del indicado mes de julio. Con estos datos, la Corte Suprema formará una razon jeneral relativa o toda la República, la cual remitirá por secretaría a los gobernadores, de manera que todos éstos la tengan en su poder ántes del veinte de octubre.

**Art. 11.** El mismo dia que el gobernador reciba la comunicacion de los nombramientos de las juntas calificadoras, anunciará al público por la prensa, o en su defecto por carteles, el dia, lugar i hora en que deban empezar a funcionar dichas juntas.

**Art. 12.** El primero de noviembre a las diez de la mañana, se instalarán en toda la República las juntas calificadoras, debiendo situarse cada una de ellas en un lugar central, público i de fácil acceso de la subdelegacion o subdelegaciones a que pertenezca, el cual será designado previamente por la misma junta.

Todos los que hubieren sido elejidos como propietarios i suplentes deben concurrir el dia designado; pero la junta se integrará solo con cinco de sus miembros, en el mismo órden que hubieren sido sorteados. Los cinco restantes suplirán las ausencias de los anteriores.

Al instalarse las juntas, nombrarán de entre sus miembros, un presidente, un secretario que redacte el acta de cada sesion diaria i un depositario del rejistro que tendrá el encargo de formar el índice alfabético de los electores.

Si para la designacion de estos cargos no hubiere mayoría, se elejirá a la suerte entre los que hubieren obtenido votos.

Despues de constituidas las juntas, darán al gobernador noticia de su instalacion, i aviso a la oficina municipal respectiva de los miembros que no hayan concurrido, para los efectos de las disposiciones penales del título final de esta lei.

**Art. 13.** Las juntas calificadoras obran con entera independencia de toda otra autoridad, i los miembros que la compongan, salvo el caso de delito infraganti que merezca pena aflictiva, no están obligados a obedecer ninguna órden que les impida el ejercicio de sus funciones.

**Art. 14.** Las juntas calificadoras permanecerán reunidas cuatro horas contínuas cada dia, desde las diez de la mañana a las dos de la tarde, hasta el quince de noviembre inclusive.

Diariamente, al suspenderse los trabajos, pondrán a continuacion de la última inscripcion una nota en que se esprese en letras el número de individuos inscritos, firmada por todos los miembros, i rubricarán las hojas del rejistro en que se hubiere hecho la inscripcion. Durante la suspension, el depositario guardará bajo su responsabilidad, el rejistro, el libro de actas i los índices.

**Art. 15.** Las juntas calificadoras deberán inscribir en el rejistro a todo chileno natural o legal que ocurra a ellas con este fin, siempre que reuna los requisitos espresados en el art. 1.°, que no se halle en ninguno de los casos de inhabilidad enumerados en el árt. 2.° i que resida en la subdelegacion respectiva.

El individuo inscrito firmará la partida de inscripcion al márjen del rejistro.

Siempre que se negare a inscribir a un ciudadano por falta de algun requisito o por encontrarse en algun caso de inhabilidad, la junta deberá anotar en el acta de la sesion del dia el nombre del individuo escluido, el requisito o requisitos de que carece, o la inhabilidad objetada que motivó el acuerdo de la junta.

El individuo a quien se hubiere negado la inscripcion, tendrá derecho a que se le dé copia de esa parte del acta, suscrita por el presidente i el secretario, i a entablar reclamo contra el procedimiento de la junta si la negativa fuere ilegal.

**Art. 16.** Se tendrá por justificativo bastante de ser propietario:

1.° El tititulo de propiedad de un fundo raiz, cuyo valor líquido espresado en el título, iguale al que exije la lei, sea que el fundo pertenezca esclusivamente al que pretende ser calificado, o que tenga en él una parte equivalente a la cuota referida;

2.° Un recibo que acredite que el que lo presenta ha pagado en el año corriente, como propietario, una contribucion fiscal o municipal establecida sobre bienes raíces. A falta de recibo, bastará que el individuo se halle en la lista de los actuales contribuyentes por fundos rústicos o urbanos que paguen contribucion en el departamento;

Para determinar si la propiedad raíz tiene el valor exijido por la lei en vista de la contribucion que paga, se entenderá que los recibos de la contribucion territorial representan un valor de mil pesos en la propiedad raíz por cada nueve pesos de contribucion, i los de la contribucion urbana un valor de dos mil pesos en el fundo por cada cuatro pesos de contribucion;

3.° Una merced de minas, con tal que la mina a que se refiere se halle en actual esplotacion.

Se tendrá por poseedores de un capital en jiro o de una industria o arte, segun los términos de la lei:

1.° A los que con un certificado de la oficina respectiva probaren que han pagado la contribucion de patente fiscal o municipal por el año corriente como dueños de un establecimiento comercial o industrial. Cado dos pesos pagados por esta contribucion representan cien pesos de renta, de emolumentos o productos, i mil pesos de capital en jiro, de un arte o industria;

2.° A los que, por instrumento público o por documentos fehacientes, justifiquen tener un jiro o debérseles una suma que corresponda al capital requerido por la lei;

3.° A los que con escritura pública acrediten que, como arrendatarios actuales de fundos rústicos o urbanos, pagan al propietario una renta que no baje de cien pesos anuales;

4.° A los que por las razones o listas que deben pasarse a las juntas calificadoras, aparezca que son empleados públicos o municipales o de beneficencia, o de otra clase con nombramiento de autoridad competente i con la renta que exije la lei;

5.° A los que presentaren títulos de profesion cuyo ejercicio esté sometido a las leyes de papel sellado i de patentes fiscales;

6.° A los presbíteros del clero secular.

Se presume de derecho que el que sabe leer i escribir tiene la renta que se requiera por la lei.

**Art. 17.** En caso de duda acerca de la edad del que se presente a inscribirse, la junta decidirá sobre su admision por el aspecto del individuo.

Si el que se presenta a inscribirse exhibiere título de una profesion o de un empleo en cuyo desempeño haya de proceder como mayor de edad, se presumirá que lo es, salvo prueba en contrario. Los certificados para justificar la edad o el estado, con el fin de calificarse, se espedirán en papel comun i sin cobrar derechos.

**Art. 18.** La calificacion es acto personal, i solo podrá hacerla la junta cuando compareciere ante ella i por sí el individuo que pretenda inscribirse.

**Art. 19.** El 15 de noviembre, la junta calificadora cerrará el rejistro poniendo a continuacion de la última inscripcion una nota en que se esprese en letras el número de individuos inscritos en todo el rejistro, suscrita por todos los miembros.

**Art. 20.** Cerrado el rejistro en la forma prescrita en el artículo anterior, el presidente de la junta hará sacar una copia exacta de él, la cual cuidará de que se publique en los periódicos del departamento, o en defecto de éstos, se fije en el lugar mas público, durante diez dias consecutivos.

**Art. 21.** El mismo presidente depositará el rejistro orijinal en mano del juez de letras de turno en lo civil o juez de primera instancia del departamento, bajo recibo, i éste ordenará que se archive en la oficina del notario conservador de bienes raices, haciendo previamente sacar una copia autorizada que remitirá al primer alcalde de la Municipalidad respectiva, para que lo guarde bajo su responsabilidad.

**Art. 22.** Todo elector tiene derecho para pedir al alcalde o al notario conservador, duplicado del rejistro que tiene a su cargo, sacando estas copias a costa del solicitante.

En caso de pérdida o cambio de un rejistro o seccion de rejistro, las copias que se hubieren dado servirán para el acto de la votacion.

Los notarios desempeñarán gratuitamente la obligacion que les impone este artículo.

**Art. 23.** La inscripcion indebida o la esclusion ilegal pueden ser perseguidas ante el juez respectivo i deben ser castigadas segun las prescripciones penales de esta lei; pero no darán lugar, en ningun caso, a esclusiones o inclusiones posteriores a la clausura del rejistro.

## TITULO III.

### DE LOS BOLETOS DE CALIFICACION.

**Art. 24.** Cada Municipalidad hará imprimir los boletos de calificacion necesarios, que deben tener escritos el nombre de la provincia, el del departamento i el de la subdelegacion o subdelegaciones a que se destinan, i estarán marcados con el sello municipal.

**Art. 25.** La junta calificadora nombrada, por medio de dos de sus miembros, i en la ante-víspera del primero de noviembre, pedirá a la Municipalidad el número de boletos que crea necesario, pudiendo repetir esta solicitud si no se le remitieren o si en el curso de sus trabajos observare que necesita mas boletos.

**Art. 26.** A todo individuo inscrito se le entregará el correspodiente boleto, en que se anote el número que le ha cabido, su nombre i apellidos, i el folio del rejistro en que se encuentra la inscripcion, poniendo en letras el número del folio.

Se pondrá tambien en él la fecha, i será firmado por el presidente i demas miembros de la junta calificadora i por el elector inscrito.

**Art. 27.** Al cerrar los rejistros, las juntas calificadoras levantarán una acta en la que deben anotar en letras el número de boletos recibidos, el de los emitidos por inscripciones i el de los sobrantes e inutilizados, debiendo devolver estos últimos para que por el órgano competente, sean devueltos a la Municipalidad.

Dicha acta se publicará en los periódicos del departamento, i en defecto de éstos, por carteles.

Art. 28. El boleto de calificacion solo sirve para votar en la subdelegacion misma en que el elector se inscriba i en los tres años que el rejistro debe durar en vigor o hasta nueva formacion del rejistro.

No se darán certificados de inscripciones ni por razon de cambio de domicilio, ni por pérdida de boletos de calificacion, ni por ningun otro motivo.

Art. 29. Los gastos de material i ajentes para todas las operaciones de la formacion del rejistro, son de cuenta i a cargo de la Municipalidad respectiva.

## TITULO IV.

### DE LAS ELECCIONES DIRECTAS

Art. 30. Las elecciones directas se harán en las épocas que a continuacion se espresan:

1.° La de diputados i senadores, el último domingo de marzo.

2.° La de municipales, el tercer domingo de abril, debiendo instalarse las nuevas Municipalidades el primer domingo de mayo siguiente;

3.° La de electores de Presidente de la República el veinticinco de junio del año en que termine el período señalado en la Constitucion para el ejercicio del cargo de presidente.

Cuando en los casos de los arts, 74 i 78 de la Constitucion, haya de hacerse estraordinariamente la eleccion de Presidente de la República, la eleccion de electores se verificará precisamente dentro de cincuenta dias, contados desde aquel en que el vice-presidente espida las órdenes del caso.

Art. 31. En las elecciones de diputados al Congreso,

cada elector podrá dar su voto a diversas personas, o a una sola i misma persona para las plazas de diputados propietarios que corresponda elejir al departamento respectivo. En consecuencia, podrá escribir en su boleto el nombre de una ó mas personas tantas veces, cuanto sea el número de diputados propietarios que la lei prescribe elejir.

En el escrutinio se aplicarán a cada candidato tantos sufrajios cuantas veces aparezca escrito su nombre en las listas de votacion, con tal que éstas no contengan escesos de nombres.

En todo departamento se elejirá un diputado suplente, espresándose siempre separadamente de los que se designan para propietarios en la cédula de votacion

Serán proclamados los candidatos que obtengan las mayorías mas altas hasta completar el número íntegro de diputados que corresponde elejir a cada departamento. En caso de empate, decidirá la suerte.

En las elecciones de Municipalidades se votará con lista incompleta, debiendo siempre escluirse de esta lista uno de cada tres municipales propietarios que, segun la lei, hayan de ser elejidos en el departamento respectivo. Así en los departamentos que elijan ocho municipales propietarios solo podrá votarse por seis, en los que elijan diez, por siete; i así para arriba, de manera que siempre se escluya de la lista uno de cada tres candidatos.

La misma regla se observará respecto a los municipales suplentes, debiendo espresarse con separacion de los propietarios, pero escluyéndose siempre uno de los tres que deben ser elejidos.

Hecho el escrutinio, serán proclamados los candidatos que obtengan las mayorías mas altas hasta completar el número íntegro de municipales propietarios i suplentes que corresponde elejir a cada departamento. En caso de empate, decidirá la suerte.

Art. 32. En toda eleccion directa se nombrará para cada seccion del rejistro una junta compuesta de cinco electores propietarios i otros cinco suplentes para que presida la eleccion i presencie la emision del sufrajio.

No podrán formar parte de las juntas receptoras i escrutadoras los subdelegados e inspectores, ni los empleados públicos que perciban sueldo i en cuyo nombramiento, ascenso o destitucion intervengan el Presidente de la República o sus ajentes.

Art. 33. Los electores que deban componer las juntas receptoras, serán nombrados por la junta de mayores contribuyentes, constituidas en la forma prescrita por los arts. 5.°, 6.° i 7.° de esta lei i observando el mismo procedimiento señalado para el nombramiento de juntas calificadoras, con la sola diferencia de que la sesion deberá celebrarse quince dias ántes de aquel en que tendrá lugar la eleccion popular, i no podrá abrirse ántes de las doce del dicho dia.

Los mayores contribuyentes se entenderán convocados para la reunion de que habla este artículo, a virtud de lo dispuesto en esta lei.

Art. 34 Los nombramientos que en esa sesion se hicieren, se comunicarán dentro de segundo dia a los nombrados por el presidente de la junta de mayores contribuyentes. Tambien se publicarán en los periódicos del departamento, si los hubiere.

Cuando las secciones del rejistro correspondan a la subdelegacion o subdelegaciones del departamento, las juntas receptoras deben funcionar en el pórtico de la parroquia o vice-parroquias respectivas. Si hubiere mas secciones del rejistro, las juntas receptoras que no funcionen en dichos pórticos, se colocarán en el punto que determine la junta de mayores contribuyentes, cuidando que queden lo mas cerca posible de la mayoría de los electores i en lugares completamente accesibles a todos los ciudadanos.

Si hubieren de situarse dentro de la misma ciudad o villa, deberán elejirse lugares que, a lo ménos, disten entre sí doscientos cincuenta metros.

El gobernador publicará, seis dias ántes de la eleccion, un bando en que se anuncie el dia i hora en que aquella debe tener lugar, i en que se designe el sitio señalado por la junta de mayores contribuyentes para la colocacion de la mesa receptora.

**Art. 35.** El presidente de la junta de mayores contribuyentes deberá remitir, con la debida anticipacion, a cada junta receptora:

1.° Un ejemplar de la presente lei;

2.° Una caja con tres cerraduras distintas para recibir la votacion;

3.° Un libro en blanco para anotar por órden alfabético el nombre de los sufragantes;

4.° Papel i demas utensilios necesarios para el desempeño de sus funciones;

5.° Ejemplares impresos del índice alfabético de la seccion del rejistro.

El índice se imprimirá por una copia del mismo, autorizada por el alcalde custodio del rejistro.

En los departamentos que no hubiere imprenta, la junta de mayores contribuyentes hará sacar seis copias autorizadas del índice alfabético, que se distribuirán entre los secretarios i comisionados de electores que deben presenciar la eleccion.

Cuidará tambien que el alcalde depositario del rejistro lo pase oportunamente a la junta receptora a que corresponda.

**Art. 36.** Los electores nombrados para componer cada junta receptora se reunirán ocho dias ántes de la eleccion, i por citacion de cualquiera de ellos, con el objeto de elejir un presidente provisorio que reciba el rejistro que debe remitir el alcalde o comisione a uno de sus miembros con el mismo fin. El acuerdo que se celebrare será comunicado al alcalde en una nota suscrita por todos los miembros de la junta.

Si el alcalde no remitiere oportunamente el rejistro, el presidente, o el comisionado de la junta en su caso, deberá requerir la entrega.

**Art. 37.** Todos los electores nombrados como propietarios o suplentes las juntas receptoras, concurrirán al lugar en que deben instalarse las mesas, segun lo dispuesto en el art. 34 de esta lei. Reunidos todos los propietarios, o completado el número con los suplentes por falta de aquellos, procederán a nombrar presidente i secretario.

**Art. 38.** Las juntas receptoras obran con entera independencia de toda otra autoridad, i los miembros que las compongan, salvo el caso de delito infraganti que merezca pena aflictiva, no están obligados a obedecer ninguna órden que les impida el ejercicio de sus funciones.

**Ar. 39.** Las elecciones se harán en un solo dia, i las juntas receptoras funcionarán sin interrupcion siete horas, contadas desde las nueve de la mañana hasta las cuatro de la tarde.

**Art. 40.** El voto es acto personal i solo podrá emitirse por el mismo elector, previa presentacion o exámen de su boleto de calificacion.

**Art. 41.** Cada elector, al sufragar, exhibirá su boleto de calificacion i la junta lo confrontará con el rejistro, i estando conforme, el presidente de ella recibirá el sufrajio i lo depositará en la caja a presencia del que lo emite.

Este sufrajio será secreto i se emitirá en papel blanco comun que no tenga señal ni marca alguna, no debiendo ser admitido sin estos requisitos.

Aceptado el sufrajio, uno de los vocales anotará esta circunstancia en el índice alfabético, a continuacion del nombre del elector.

El boleto de calificacion será devuelto al elector con la nota *votó* puesta al respaldo, rubricada por uno de los miembros de la junta receptora i con la fecha del dia de la eleccion.

**Art. 42.** Los electores que componen la junta receptora, no podrán objetar la identidad de la persona de ningun elector.

Cuando se objetare a un elector, al tiempo de votar, que no es la persona a que se refiere la calificacion que presenta, se le exijirá para comprobar su identidad personal, que escriba su firma. Si entre ésta i la que hubiere en el rejistro apareciere completa disconformidad, la junta receptora no admitirá el sufrajio.

En el caso de completa disconformidad, el presidente de la junta remitirá al tribunal correspondiente copia de la parte del acta a que se refiere el incidente, para que se forme la correspondiente causa.

**Art. 43.** Las juntas receptoras no podrán funcionar en presencia de una partida de fuerza armada que se sitúe en el recinto sujeto a su autoridad: si requerida la fuerza por órden del presidente para que se retire, no obedeciere, se suspenderá la votacion.

En este caso, la junta volverá a continuar recibiendo votacion por el tiempo que falte para completar las horas que debe durar, al dia siguiente, o a mas tardar, al subsiguiente.

**Art. 44.** Tambien podrá la junta suspender sus funciones por acuerdo unánime de sus miembros cuando por desórden o agrupamiento de jente, que no accediere a los medios que puede emplear, no fuere posible continuar la votacion ni a los electores acercarse a emitir su sufrajio.

La votacion suspendida se continuará en el mismo dia si fuere posible, o en el siguiente a la hora que determina el art. 39, hasta completar el número de horas que señala la lei.

**Art. 45.** La junta receptora hará el escrutinio de la votacion recibida i levantará de él una acta por triplicado, que firmarán todos los vocales, entregando un ejemplar al presidente, otro al secretario i el tercero al comisionado que designe la mayoría de la junta, para que éste lo deposite en manos del notario del departamento; i si hubiere varios, en poder del mas antiguo. Hecho el escrutinio, se inutilizarán las cédulas con que se ha votado. El escrutinio será público i podrán presenciarlo los ciudadanos que al efecto fueren comisionados por veinticinco electores de la seccion correspondiente. Esta comision se dará por escrito, firmando los que la confieren. Un mismo elector solo puede concurrir al nombramiento de un comisionado. Cualquiera de estos comisionados podrá exijir un certificado, que será suscrito por todos los miembros de la junta, en que se esprese el resultado jeneral del escrutinio.

**Art. 46.** Concluida la votacion, se contarán los sufrajios puestos en la urna, debiendo confrontarse el número de ellos con el de nombres que aparezcan en la lista alfabética i se procederá al escrutinio, sujetándose la junta en esta operacion a las siguientes reglas:

1.ª Si al abrir el sufrajio apareciere que contiene varias cédulas iguales, solo se escrutará una de ellas; pero si fueren distintas, no se escrutará ninguna;

2.ª Cuando en la cédula hubiere mayor número de votos que el de candidatos que corresponda elejir, no se escrutarán los últimos que hubiere de esceso; si por el contrario, el número fuere menor, no dejarán por eso de imputarse al candidato o candidatos designados;

3.ª Los votos serán leidos en alta voz por el presidente i secretario, i se imputarán a las personas que aparezcan claramente designadas, aunque se noten agregaciones o supresiones, si siempre dejan conocer la voluntad del elector.

Cualquier incidente o reclamacion concerniente a la votacion o al escrutinio, deberá consignarse en el acta, si así lo pide alguno de los miembros de la junta o alguno de los comisionados de que habla el inciso final del artículo anterior.

**Art. 47.** Terminado el escrutinio, la junta comisionará a uno de sus miembros para poner el rejistro en manos del alcalde, siendo el comisionado responsable de su entrega.

Cuando dos departamentos hacen reunidos una eleccion, las actas i rejistros serán conducidos a la cabecera del mas antiguo, en la cual se hará el escrutinio jeneral.

**Art. 48.** Las juntas receptoras no podrán ejecutar otros actos que los indicados, ni celebrar acuerdos de ninguna clase, so pena de nulidad.

**Art. 49.** Cinco dias despues de la eleccion, se reunirán en la sala municipal, en sesion pública, a las diez de la mañana, bajo la presidencia del primer alcalde o de quien, segun la lei, debe reemplazarle, los presidentes i secretarios de las juntas receptoras correspondientes a cada seccion del rejistro, i procederán a hacer el escrutinio jeneral de la eleccion. La falta de cualquiera de los presidentes o secretarios de las mesas receptoras, no obsta a que se haga el escrutinio.

Este escrutinio se hará segun las actas de los escrutinios parciales que deben presentar los presidentes de la junta receptora de cada seccion.

Si al abrirse la sesion faltaren una o mas de estas actas, serán reemplazadas por el ejemplar depositado en manos del secretario respectivo, i a falta de éste, por el que obre en poder del notario. Si aun así no estuvieren completas las actas, se verificará, sin embargo, el escrutinio jeneral con las que se hayan recibido, espresándose en el acta de la sesion el número de electores inscritos en el rejistro de la junta receptora omitida, para que la autoridad competente decida si su falta ha podido o nó influir en el resultado de la eleccion.

**Art. 50.** Antes de proceder, las juntas escrutadoras nombrarán por mayorías de votos dos secretarios, que leerán sucesivamente en alta voz las actas presentadas por los presidentes de las juntas receptoras, anotándose en seguida por los secretarios i por los demas individuos que quieran hacerlo, el resultado de las actas i el número de votos que cada candidato hubiere obtenido. Estando conforme la operacion practicada, se proclamará el resultado de la eleccion. Si hubiere disconformidad, se rectificará leyendo las actas de cada junta receptora.

**Art. 51.** El escrutinio deberá terminar en una sola sesion, i una vez concluido, se estenderá una acta en que se anotará no solamente el resultado de la eleccion, sino tambien todos los reparos de que hubieren sido objeto las actas parciales, el procedimiento observado al hacerse el escrutinio jeneral i cualquiera otro incidente que ocurra i pueda influir en la validez o nulidad de la eleccion, sin que en ningun caso pueda la junta deliberar ni resolver sobre cuestion alguna, limitándose esclusivamente a dar testimonio del contenido testual de las actas parciales i a hacer las sumas de votos que, segun ellas, hayan obtenido los diferentes candidatos.

Esta acta se estampará en el libro en que se llevan las actas municipales, i se estenderán dos ejemplares mas de ella, que se depositarán en poder de dos de sus miembros elejidos por la mayoría de la junta escrutadora.

Otra copia se remitirá al gobernador para que éste comunique el resultado de la eleccion al Presidente de la República.

El alcalde remitirá los poderes a aquellos ciudadanos que hayan obtenido mayoría numérica de sufrajios, segun el acta, cualesquiera que sean las observaciones a que ella diere lugar.

**Art. 52.** Los gastos de material i ajentes para todas las operaciones de las juntas receptoras i escrutadoras, son de cuenta i a cargo de la Municipalidad respectiva.

**Art. 53.** Todo elector tiene derecho a que se le den en papel comun, por las respectivas oficinas fiscales i municipales del departamento, los certificados necesarios para comprobar, en conformidad al art. 5.° de esta lei, las contribuciones directas que paguen los electores inscritos en cada seccion del rejistro.

**Art. 54.** Los mayores contribuyentes serán penados con una multa de quinientos pesos si no desempeñaren los cargos que les confiere esta lei.

## TITULO V.

### DE LAS ELECCIONES DIRECTAS DE SENADORES I DE ELECTORES DE PRESIDENTE DE LA REPÚBLICA.

**Art. 55.** Cada provincia elejirá el númerro de senadores propietarios i suplentes que esté determinado por la lei, votando cada elector por la lista completa i con designacion de propietarios i suplentes.

**Art. 56.** Los electores votarán en la misma cédula

que contenga los nombres de los diputados por los senadores que corresponda a su provincia.

**Art. 57.** Las juntas receptoras harán constar en el acta por triplicado, a que se refiere el art. 45, el número de votos emitidos en favor de cada uno de los candidatos para senadores. El mismo procedimiento observarán las juntas escrutadoras al hacer el escrutinio jeneral de que hablan los arts. 49, 50 i 51.

**Art. 58.** Diez dias despues de la eleccion, los comisionados elejidos por las juntas escrutadoras del departamento, en conformidad al inciso 2.° del art. 51, se reunirán en la sala municipal de la cabecera de la provincia, en sesion pública, a las diez de la mañana, bajo la presidencia del primer alcalde o de quien, segun la lei, debe reemplazarle i procederán a hacer el escrutinio jeneral de la eleccion de senadores de la provincia. La falta de cualquiera de estos comisionados, no obsta a que se haga el escrutinio.

El escrutinio se practicará por las actas de los escrutinios parciales que deben presentar los comisionados de que habla el inciso anterior.

Si al abrirse la sesion, faltaren una o mas actas, se verificará, sin embargo, el escrutinio jeneral con las que se hayan presentado, espresándose en el acta de la sesion, el número de electores inscritos en los rejistros del departamento omitido, para que la autoridad competente decida si su falta ha podido o nó influir en el resultado de la eleccion.

Procederán en seguida a hacer el escrutinio jeneral de la eleccion de la provincia, en conformidad a los arts. 50 i 51.

**Art. 59.** En la eleccion de electores de Presidente de la República se observará lo dispuesto en el art. 55, votando cada elector por la lista íntegra de los electores que corresponda elejir a su departamento.

## TITULO VI.

### DE LAS ELECCIONES INDIRECTAS.

**Art. 60.** Reunidos los electores de Presidente de la República, nombrados por los departamentos, en la sala municipal de la capital de la provincia, a las diez de la mañana del veinticinco de julio, procederán a nombrar, de entre ellos mismos, un presidente i dos secretarios.

**Art. 61.** En seguida se leerán las actas de eleccion de los departamentos, i cada elector exhibirá la copia con que se le avisó su nombramiento. Calificada la identidad de las personas en un número que no baje de los dos tercios de los electores que hubieren concurrido, se declarará instalado el colejio electoral i se comunicará al intendente de la provincia.

**Art. 62.** Despues de instalado el colejio electoral, se procederá a la lectura de los arts. 60, 65 i 66 de la Constitucion; i en seguida cada elector escribirá en una cédula el nombre del candidato que designa para Presidente de la República i lo depositará en una urna que estará colocada sobre una mesa. Concluida esta operacion, harán el escrutinio los secretarios i los demas miembros que quisieren presenciarlo, leyendo el presidente en alta voz el contenido de cada cédula.

**Art. 63.** Los secretarios publicarán el resultado, i, estando arreglado, estenderán las dos actas que dispone el art. 28 de la Constitucion, i el presidente las remitirá en cumplimiento del citado artículo, certificando en el correo la que debe dirijir a la Comision Conservadora.

**Art. 64.** Los electores no podrán separarse sin haber terminado sus funciones, ni juntarse nuevamente, bajo ningun pretesto, ni objetar los poderes de ningun elector que sea realmente la persona que los exhibe, pudiendo solo pedir que se consignen en el acta de escrutinio las observaciones a que dieren lugar.

## TITULO VII.

### DEL ÓRDEN I LIBERTAD DE LAS ELECCIONES.

Art. 65. A los presidentes de las juntas de mayores contribuyentes, de las juntas calificadoras i receptoras i de colejios electorales corresponde conservar el órden i libertad de las calificaciones i elecciones, i dictar en consecuencia las medidas de policía conducentes a ese objeto, en la plaza o lugar público en que funcionen i en el recinto comprendido hasta ciento cincuenta metros de distancia en todas direcciones.

Art. 66. En virtud de esa autoridad, podrán hacer separar del recinto indicado, aprehender i conducir preso i a disposicion del juez competente:

1.° A todo individuo que con palabras provocativas o de otra manera excitare tumultos o desórdenes, o acometiere o insultare a alguno de los presentes, empleare medios violentos para impedir que los electores hagan uso de sus derechos o que se presentaren en estado de ebriedad o repartiere licor entre los concurrentes;

2.° Al que se presentare armado en dicho recinto;

3.° Al que comprare votos o ejerciere cohecho entre los electores;

4.° Al empleado público, cualquiera que sea su clase o jerarquía, que se estacionare en el recinto o a quien se imputare que ejerce presion sobre los electores i que, requerido de órden del presidente para que se retire, no obedeciere.

En estos casos, para decretar la prision, se necesita el acuerdo de la junta o colejio electoral.

Art. 67. Todo el que ejerza autoridad política o militar en el departamento está obligado a prestar auxilio a la junta o colejio electoral i a cooperar a la ejecucion de las resoluciones que hubiere dictado, una vez que fuere requerido por el presidente.

Art. 68. Ninguna tropa o partida de fuerza armada

puede situarse ni estacionarse en el recinto que señala el art. 65 sin acuerdo espreso de la junta o colejio electoral. Si esa fuerza llegara a situarse, deberá retirarse a la primera intimacion que, de órden del presidente, se la hiciere.

El jefe que desobedeciere esta intimacion, sufrirá la pena que determina esta lei, sin que le sirva de escusa el tener órdenes de sus superiores.

**Art. 69.** Cuando la junta o colejio electoral pidiere fuerza armada para apoyar sus resoluciones i mantener el órden, por el hecho de entrar al recinto, quedará esclusivamente sujeta al presidente. No podrá obrar sino a virtud de órdenes impartidas por él.

El jefe de la fuerza que desobedeciere estas órdenes o que, sin recibirlas, usare de la fuerza, quedará sujeto a lo dispuesto en el artículo que precede.

**Art. 70.** El empleo de la fuerza puesta a las órdenes del presidente, sólo se hará en caso estremo i siempre con acuerdo de la junta o colejio.

**Art. 71.** El elector que estuviere en el recinto indicado para actos electorales, no podrá ser arrestado o separado del lugar, sin prévio acuerdo de la junta o colejio.

**Art. 72.** Durante el dia de las elecciones populares, los individuos de la guardia cívica que estuvieren calificados, no podrán ser compelidos a asistir a sus cuarteles ni al servicio.

## TITULO VIII.

### DE LA NULIDAD DE LAS ELECCIONES I DE LOS CASOS EN QUE DEBEN REPETIRSE.

**Art. 73.** Cualquiera ciudadano podrá interponer reclamacion de nulidad contra las elecciones directas e indirectas que reglamenta esta lei, por actos que las hayan viciado, sea en la constitucion o procedimientos de las juntas de mayores contribuyentes o de las juntas calificadoras i receptoras, sea en el escrutinio parcial de cada seccion o en el jeneral que practicare la junta escrutadora, sea por actos de personas estrañas a la eleccion i que puedan influir en que ésta dé un resultado diferente del que debia ser consecuencia de la libre i regular manifestacion del voto de los electores.

**Art. 74.** La autoridad llamada a conocer de los reclamos de nulidad apreciará los hechos como jurado i, segun la influencia que, a su juicio, ellos hayan tenido en el resultado de la eleccion, sea por impedir la libre manifestacion de la voluntad de los ciudadanos o adulterar i hacer incierta esta manifestacion, declarará válida o nula la eleccion.

Los hechos, defectos o irregularidades que no influyan en el resultado jeneral de la eleccion, sea que hayan ocurrido ántes o durante la votacion o durante los actos que se ejecutan hasta proclamar los electos, no dan mérito para declarar la nulidad.

**Art. 75.** La autoridad que declare nula una eleccion por actos que constituyan delitos públicos en materia electoral, mandará someter a juicio a los culpables. Sin ésta órden, nadie podrá ser perseguido o enjuiciado por tales delitos.

**Art. 76.** Los reclamos de nulidad no impiden que los individuos electos entren desde luego en el ejercicio de sus funciones, en las cuales permanecerán hasta que la nulidad se declare por la autoridad competente.

**Art. 77.** Si presentaren poderes por una provincia o por un departamento mas senadores, diputados o municipales que los que por la lei corresponda elejir, no será admitido ninguno, miéntras no se apruebe alguno de los poderes. Pero, si por aquellas esclusiones, la Cámara o la Municipalidad quedare sin número suficiente para formar sala, se sortearán en la primera sesion todos los candidatos i entrarán a funcionar los que fueren preferidos por la suerte hasta completar el número legal. Estos serán reconocidos como senadores, diputados o municipales lejítimos, miéntras la autoridad competente no declare otra cosa.

**Art. 78.** Las reclamaciones de nulidad de elecciones de senadores i de diputados que se hagan por particulares o por miembros de la Cámara deben dirijirse a ésta, revestidas de todos los antecedentes i pruebas en que se fundan, con la anticipacion necesaria para que lleguen a la Cámara ántes del quince de junio del año de su instalacion, la cual deberá resolverlas en conformidad a su reglamento.

**Art. 79.** Si calificando la Cámara como bastantes para reclamar nulidad los motivos en que ésta se funda, no los hallare justificados, podrá disponer que esa prueba se reciba por una comision de su seno, sea en el lugar de las sesiones o trasladándose al de la eleccion, o dar el encargo de recojerla a la autoridad judicial del lugar o de alguno de los mas inmediatos.

La comision nombrada por la Cámara ejercerá todas las facultades judiciales necesarias para desempeñar su cometido, no pudiendo interponerse recurso contra sus procedimientos sino ante la misma cámara.

**Art. 80.** Cuando se declarare nula una eleccion, se procederá a hacerla de nuevo dentro de los treinta dias contados desde la fecha en que la Cámara participare su acuerdo al Presidente de la República.

La nueva eleccion se hará solo por el número de candidatos respecto de los cuales se hubiere declarado la nulidad.

Con todo, si apesar de la nulidad de la eleccion de senadores, hecha por un departamento, quedaren los senadores electos con la mayoría absoluta de los sufrajios emitidos en el resto de la provincia, no se verificará nueva eleccion.

**Art. 81.** Si se reclamare la nulidad de la eleccion de electores de Presidente de la República, se presentará la reclamacion al Senado dentro del término fatal de treinta dias, contados desde la fecha del escrutinio hecho en el departamento respectivo.

El juez letrado del departamento en que se ha verificado la eleccion de electores de Presidente de la República recibirá, con citacion fiscal, la informacion que se le ofreciere para probar los hechos en que se funda la reclamacion de nulidad i la contra-informacion que quisiere rendirse para impugnarla; i el mismo juez remitirá al Senado las reclamaciones con sus antecedentes i con la anticipacion necesaria para que sea recibida en el Senado ántes del treinta de julio.

**Art. 82.** El treinta de julio se reunirá el Congreso para tomar conocimiento de las reclamaciones; i si ellas no comprendieren la mayoría absoluta de los electores de Presidente, se abstendrá de pronunciarse sobre ellas i se tendrán por desechadas. Pero si las reclamaciones abrazaren un número de electores sin los cuales el Presidente electo no pudiere tener mayoría, se pronunciará primero sobre las elecciones objetadas de los departamentos que nombren mayor número de electores. Una vez desechado un número de reclamaciones, eliminadas las cuales queden hábiles tantos electores cuantos sean necesarios para que, unidos a los no objetados, formen mayoría absoluta de electores, se prescindirá de las demas reclamaciones. En el caso que las nulidades declaradas comprendieren la mayoría absoluta de los electores, el Congreso ordenará que se proceda a nueva eleccion en los departamentos cuyas elecciones se hubieren anulado.

La nueva eleccion de electores se practicará dentro de los treinta dias siguientes a la fecha en que se comunicare al Presidente de la República la declaracion de nulidad, i quince dias despues se reunirán los colejios electorales de las provincias en que hubiere habido elecciones anuladas i procederán a la eleccion de Presidente de la República. El procedimiento de estos colejios será el mismo señalado para las elecciones jenerales de Presidente.

Cuando solo hubiere sido anulada la eleccion de electores de uno o mas departamentos, pero no la de los de toda una provincia, serán convocados para la nueva eleccion los electores nuevamente electos i los que pertenecian a los otros departamentos cuyas elecciones no han sido anuladas.

**Art. 83.** Si se reclama la nulidad de la eleccion que hicieren los colejios electorales de Presidente de la República, se dirijirán las representaciones al Senado para que lleguen a su poder ántes del veinticinco de agosto, a fin de que sean sometidas al Congreso en su sesion del treinta del mismo mes en que debe practicarse el escrutinio jeneral.

**Art. 84.** El Congreso suspenderá el escrutinio jeneral, miéntras no haya recibido las actas de los colejios electurales, que hubieren repetido la eleccion, en el caso del art. 82. Si no hubiere habido lugar a aquella repeticion o si hallare que no son bastantes los motivos en que se funda la nulidad deducida contra la eleccion hecha por los colejios electorales, o que, siéndolo, i escluyendo los votos de los colejios objetados, el Presidente electo tiene siempre mayoría absoluta sobre el total de los que han sufragado, no tomará en consideracion los reclamos i procederá a hacer la proclamacion.

**Art. 85.** Si en virtud de las resoluciones que pronunciare, no quedare ningun candidato con mayoría, pero quedare hábil un número de electores de mas de la mitad del total de los que deben nombrarse en toda la República, el Congreso procederá, conforme a los arts. 69, 70 i 71 de la Constitucion.

**Art. 86.** Pero si en virtud de las nulidades declaradas, quedare el número hábil de votos válidos reducido a ménos de la mayoría absoluta sobre el total de los electores que deben elejirse, se procederá a la reunion de los colejios electorales anulados dentro de los treinta dias siguientes al aviso que de las declaraciones de nulidad debe darse al Presidente de la República.

Entre la reunion de los colejios electorales i el escrutinio que el Congreso debe practicar de las nuevas actas que se le remitan, trascurrirá el mismo plazo que en las elecciones ordinarias.

En vista del resultado que diere el escrutinio de las nuevas actas que se le remitan i de las que existen en su poder, el Congreso procederá à hacer la proclamacion de Presidente de la República.

**Art. 87.** En caso de eleccion estraordinaria del Presidente, se observarán las mismas reglas, mediando entre cada acto, el mismo intervalo de tiempo que se ha fijado para la eleccion ordinaria.

**Art. 88.** Las reclamaciones de nulidad que se entablaren contra la eleccion de alguna Municipalidad, se iniciarán ante el juez letrado de turno en lo civil de la provincia, dentro del término perentorio de quince dias, despues de la instalacion de aquella corporacion.

**Art. 89.** El conocimiento i resolucion de las relaciones de nulidad interpuestas sobre elecciones municipales, corresponde a un tribunal compuesto de tres consejeros de Estado, nombrado por el. Consejo el primer. dia de su instalacion. Este tribunal elejirá su presidente i fallará sin ulterior recurso, sirviéndole de fiscal el de la Corte Suprema de Justicia.

**Art. 90.** Las reclamaciones de nulidad se dirijirán al presidente del tribunal para que tramite i sustancie el espediente hasta ponerlo en estado de resolucion definitiva. Estas reclamaciones deberán resolverse por el tribunal, bajo la mas estricta responsabilidad de sus miembros, dentro de los seis meses siguientes a la fecha en que se hubieren presentado ante él.

**Art. 91.** Los reclamantes podrán revestir el espediente de las pruebas que les convinieren, rindiéndolas, sin perjuicio de las que el mismo tribunal creyere conveniente recibir de oficio. Podrán hacerse partes en este juicio los munipales cuya eleccion se impugna.

## TITULO IX.

### DE LAS CONTRAVENCIONES.

**Art. 92.** Las contravenciones a esta lei, se dividen en faltas i en delitos. Los delitos se subdividen en públicos i en privados.

**Art. 93.** Es falta, la infraccion por parte de los intendentes, gobernadores, alcaldes, miembros de las juntas de mayores contribuyentes, de juntas calificadoras, receptoras i escrutadoras i de los demas funcionarios, de lasobligaciones que respectivamente les imponen los arts. 5.°, 6.°, 7.°, 8.°, 9.°, 11, 12, 14, 18, 19, 20, 21, 22, 24, 26, 27, 32, 33, 34, 35, 36, 37, 39, 40, 41, 42, 43, 44, 45, 46, 47, 48, 49, 50, 51, 53, 57, 58, 59, 60, 61, 62, 63, 64, 66 i 67 de esta lei.

**Art. 94.** Es delito público la infraccion por parte del gobernador o de las juntas de mayores contribuyentes, calificadoras, receptoras i escrutadoras, de la autoridad militar, presidentes de juntas i consejeros de Estado, de los deberes i prohibiciones que les imponen los arts. 68, 69, 70, 71, 72 i 90 de esta lei.

**Art. 95.** Es delito privado la infraccion por parte de las juntas calificadoras del art. 15 de esta lei.

**Art. 96.** Las faltas se castigarán con una multa de cincuenta a seiscientos pesos o con una prision de quince dias a seis meses.

**Art. 97.** Los delitos públicos serán castigados con una multa de quinientos a dos mil pesos o con estrañamiento de uno a cuatro años.

**Art. 98.** El delito privado se castigará con quinientos pesos que pagará cada delincuente o con un año de estrañamiento.

**Art. 99.** Las faltas i delitos públicos cometidos por miembros de las juntas de mayores contribuyentes, serán, en todo caso, castigados con la pena del art. 54; pero no incurrirán en dicha pena los inasistentes que fueren mayores de sesenta años, o que no estuvieren inscritos en los rejistros del departamento, o que justificaren imposibilidad física o moral para concurrir a las reuniones a que esta lei les convoca.

Los miembros de las juntas calificadoras, receptoras i escrutadoras que justificaren imposibilidad física o moral para concurrir a desempeñar las funciones que esta lei les encarga, quedarán tambien exentos de toda pena.

**Art. 100.** Las faltas i el delito público a que se refiere el art. 90, producen accion popular. La misma accion dan los demas delitos enumerados en el art. 94 una vez que se haya llenado la formalidad de que habla el art. 75.

**Art. 101.** Si en un delito electoral se hallaren comprendidos uno, ó muchos de los que clasifica i castiga el Código Penal, se aplicará al reo únicamente la pena señalada en este último Código.

**Art. 102.** En materia electoral no se reconocen otros fueros que los establecidos por la Constitucion.

**Art. 103** Antes de instalarse las juntas de contribuyentes para el nombramiento de juntas calificadoras, elejirán de entre los ciudadanos inscritos en los rejistros del departamento, un jurado de cinco miembros propietarios i cinco suplentes que, durante tres años, conocerá en única instancia de las faltas i delitos públicos electorales cometidos dentro del departamento.

Para la eleccion de este jurado, procederá la junta de contribuyentes en conformidad al segundo inciso del art. 8.°

**Art. 104.** Los delitos comunes cometidos con motivo de actos electorales i el delito privado de que habla el art. 15, son de la competencia de la justicia ordinaria.

**Art. 105.** Se derogan todas las leyes relativas á elecciones populares.

I por cuanto, oido el Consejo de Estado, he tenido á bien aprobarlo i sancionarlo; por tanto, dispongo se promulgue i lleve a efecto en todas sus partes como lei de la República.

FEDERICO ERRÁZURIZ.

# LEI ESPLICATIVA I COMPLEMENTARIA DE LA DE ELECCIONES DE 12 DE NOVIEMBRE DE 1874 *

*Santiago, agosto 12 de 1875.*

Por cuanto el Congreso Nacional ha tenido a bien prestar su aprobacion al siguiente

Proyecto de lei esplicativo i complementario de la de 12 de noviembre de 1874:

**Art. 1.** Se declara que los mayores contribuyentes llamados a formar la junta de que habla el art. 5.° deben ser ciudadanos activos inscritos en los rejistros electorales del departamento.

El pago de las contribuciones tomadas colectivamente de que habla el inc. 1.° del art. 5.°, se entienden del departamento.

Se entenderá que los justificativos del pago de contribucion de que habla el inc. 4.° del art. 5.° son los recibos de las cuotas de contribucion pagadas en el año último, o dichos recibos i el contrato escrito de arrendamiento celebrado con fecha anterior a aquéllas.

Se declara que, en caso de reclamacion ante el alcalde, la cualidad de ciudadano activo debe comprobarse con el rejistro electoral que está en poder del mismo alcalde, i que a falta del recibo de la contribucion pagada, bastará un certificado de la oficina respectiva.

**Art. 2.** Se declara que la lista nominal de mayores contribuyentes, que está obligado a publicar el gobernador, segun el art. 5.°, debe indicar la cuota o cuotas que paga cada uno de ellos respectivamente. El primer alcalde al

---

* *Boletin de las Leyes*, tomo 43, año de 1875, páj. 258.

rectificar la lista con arreglo a lo dispuesto en el último inciso de dicho artículo, debe hacer igual indicacion i comunicar al gobernador i a la junta de mayores contribuyentes, al tiempo de su instalacion, la rectificacion que hiciere.

La lista definitiva, rectificada por el primer alcalde, se publicará por él en el departamento, del mismo modo que la lista formada por el intendente o gobernador.

**Art. 3.** En los departamentos que elijan un diputado, la lista a que se refiere el art. 5.° i el art. 6.° en el inc. 2.°, debe contener los nombres de los treinta i seis mayores contribuyentes. Entrarán a formar la reunion los dieziocho principales, segun lo dispuesto en el inc. 1.° del artículo 7.°, siendo reemplazados, en caso de inasistencia o de inhabilidad, por los restantes, segun el órden de sus cuotas, conforme a lo prescrito en el inc. 2.° del art. 6.° Para que la reunion pueda celebrarse, se necesitará la concurrencia de doce miembros, por lo ménos, con arreglo a lo dispuesto en el inciso 1.° del art 6.°

En los departamentos que elijan dos Diputados, la lista de mayores contribuyentes contendrá cuarenta i dos nombres; entrarán en la reunion los veintiuno principales, serán éstos reemplazados, como en el caso anterior i no podrán funcionar con ménos de catorce. Todo en conformidad con los artículos citados.

Así aumentará sucesivamente el número de mayores contribuyentes en los departamentos que elijan mas de dos Diputados.

**Art. 4.** Se declara, que la primera vez que se aplique el inciso 2.° del art. 8.° se escribirán los nombres de los ciudadanos que estén inscritos en los rejistros electorales del departamento.

**Art. 5.** Se declara, que veinticinco dias ántes de aquel en que deben tener lugar las elecciones de Diputados i Senadores, deberán publicar los Intendentes i Gobernadores una nueva lista de los mayores contribuyentes inscritos en el rejistro electoral del departamento, que deben hacer el nombramiento de juntas receptoras, procediéndose en todo con arreglo a lo dispuesto en los arts. 5.°, 6.°, 7.°, 32 i 33.

Las juntas receptoras nombradas para la eleccion de Diputados i Senadores, funcionarán tambien en la eleccion de Municipalidades.

Del mismo modo se procederá en la eleccion ordinaria de Electores de Presidente de la República i en toda eleccion popular estraordinaria, debiendo en tal caso hacerse la publicacion de la lista de mayores contribuyentes inscritos, veinticinco dias ántes de aquel en que deba tener lugar la eleccion.

**Art. 6.** La nota de que habla el art. 36, se entenderá suscrita por todos los miembros de la junta, siempre que esté firmada por seis de ellos; espresando éstos el motivo por qué faltan las otras firmas.

**Art. 7.** Cuando, para fijar el dia en que haya de reunirse una junta, la lei emplea la frase «tantos dias antes ó tantos dias despues» de un dia determinado, no se computará este último dia; de suerte que, por ejemplo, ocho dias ántes del primero de noviembre quiere decir el veinticuatro de octubre, i ocho dias despues del primero de noviembre quiere decir el nueve de noviembre.

**Art. 8.** En las elecciones de Senadores i en las de Electores de Presidente de la República, serán proclamados los candidatos que obtengan las mayorías mas altas, i en caso de empate, decidirá la suerte.

**Art. 9.** Declarada nula por el tribunal competente la eleccion de una Municipalidad o de un tercio de los miembros que deben legalmente componerla, se procederá a nueva eleccion dentro del término fijado en el inciso 1.° del art. 80.

**Art. 10.** Se declara que el nombramiento del jurado a que se refiere el art. 103, debe hacerse por la junta de mayores contribuyentes, inmediatamente despues de constituida, pero ántes de procederse a la designacion de juntas calificadoras. Las incompatibilidades que la lei establece respecto de los miembros de las juntas calificadoras i receptoras, son aplicables a los miembros del jurado. Tambien son aplicables a los miembros del jurado las disposiciones del párrafo IV, título V, libro II del Código Penal.

**Art. 11.** Comete delito público electoral el Intendente de provincia o Gobernador de departamento, i, en jeneral, todo funcionario público comprendido en el art. 260 del Código Penal, que de cualquiera manera coartare la libertad del sufrajio a sus subalternos o ejerciere presion sobre éstos; i quedan sometidos a las penas señaladas en el art 97 de la lei de 12 de noviembre de 1874.

I por cuanto, oido el Consejo de Estado, he tenido a bien aprobarlo i sancionarlo; por tanto, promúlguese i llévese a efecto en todas sus partes como lei de la República.

FEDERICO ERRAZURIZ.

*Eulojio Altamirano.*

## LEI ACLARATORIA DE LA DE ELECCIONES. *

*Santiago, octubre* 13 *de* 1875.

Por cuanto el Congreso Nacional ha tenido a bien aprobar el siguiente

### PROYECTO DE LEI:

**Art. 1.°** Se declara que las patentes industriales a que se refiere el art. 5.° de la lei de 12 de noviembre de 1874 comprenden todas las patentes fiscales i ademas las municipales que se pagan por diversiones públicas.

**Art. 2.°** Se declara tambien que el año último a que se refiere el inciso final del citado art. 5.° se entenderá

* *Boletin de las Leyes*, tomo 43, año de 1875, páj. 521.

cerrado el primero de julio del año en que deben verificárse las calificaciones.

Art. 3.° Se declara que los notarios conservadores de bienes raices deben archivar en su oficina copia autorizada de los rejistros electorales, entregando los orijinales al primer alcalde bajo el correspondiente recibo, modificándose en este sentido lo dispuesto en el art. 21.

Art. 4.° La presente lei comenzará a rejir en toda la República desde la fecha de su promulgacion.

I por cuanto, oido el Consejo de Estado, he tenido a bien aprobarlo i sancionarlo: por tanto, promúlguese i llévese a efecto en todas sus partes como lei de la República.

FEDERICO ERRAZURIZ.—*Eulojio Altamirano.*

## LEI QUE REFORMA EL ARTICULO 20 DE LA DE ELECCIONES. *

*Santiago, noviembre* 17 *de* 1875.

Por cuanto el Congreso Nacional ha prestado su aprobacion al siguiente

### PROYECTO DE LEI:

ARTÍCULO ÚNICO.

La publicacion del rejistro de electores a que se refiere el art. 20 de la lei de 12 de noviembre de 1874, se hará en las subdelegaciones respectivas por medio de carteles, en la forma establecida en dicho artículo. Los gastos que ocasione esta publicacion serán de cargo del tesoro Nacional.

Esta lei rejirá desde la fecha de su promulgacion; i se autoriza al Presidente de la República para que la comunique por telégrafo.

I por cuanto, oído el Consejo de Estado, he tenido a bien aprobarlo i sancionarlo; por tanto, promúlguese i llévese a efecto como lei de la República.

FEDERICO ERRÁZURIZ.—*Eulojio Altamirano.*

## Número de Diputados, electores de Presidente i Senadores que corresponden elejir, con arreglo a la lei de 20 de octubre de 1875.

| PROVINCIAS I DEPARTAMENTOS. | DIPUTADOS. | | Electores de presidente. | SENADORES | |
|---|---|---|---|---|---|
| | Propietarios. | Suplentes. | | Propietarios. | Suplentes. |
| **CHILOE.** | | | | | |
| Ancud.............. | 2 | 1 | 6 | 1 | 1 |
| Quinchao............ | | | | | |
| Castro.............. | 1 | 1 | 3 | | |
| **LLANQUIHUE.** | | | | | |
| Llanquihue.......... | 1 | 1 | 3 | | |
| Carelmapu........... | 1 | 1 | 3 | 1 | 1 |
| Osorno.............. | 1 | 1 | 3 | | |
| **VALDIVIA,** | | | | | |
| Union............... | 1 | 1 | 3 | | |
| Valdivia............ | 1 | 1 | 3 | | |
| Imperial............ | | | | | |
| **ARAUCO.** | | | | | |
| Lebu................ | 1 | 1 | 3 | | |
| Arauco.............. | 1 | 1 | | 1 | |
| Cañete.............. | 1 | 1 | [illegible] | 2 | 1 |
| Imperial............ | 1 | | 6 | | |
| **BIOBIO I DEPART. DE ANGOL.** | | | | | |
| Laja................ | 1 | 1 | 3 | | |
| Mulchen............. | | 1 | 3 | | |
| Nacimiento.......... | 1 | 1 | 3 | 2 | 1 |
| Angol............... | 1 | 1 | 3 | | |

| PROVINCIAS I DEPARTAMENTOS. | DIPUTADOS. | | Electores de presidente | SENADORES. | |
|---|---|---|---|---|---|
| | Propietarios. | Suplentes. | | Propicta ios | en |
| **CONCEPCION.** | | | | | |
| Concepcion........... | 1 | 1 | 3 | | |
| Talcahuano........... | | | | | |
| Lautaro............. | 2 | 1 | 6 | 2 | 1 |
| Rere................. | 2 | 1 | 6 | | |
| Coelemu............. | 1 | 1 | 3 | | |
| Puchacai............ | 1 | 1 | 3 | | |
| **ÑUBLE.** | | | | | |
| Chillan.............. | 5 | 1 | 15 | 2 | 1 |
| San Cárlos........... | 2 | 1 | 6 | | |
| **MAULE.** | | | | | |
| Cauquenes........... | 2 | 1 | 6 | | |
| Itata................ | 2 | 1 | 6 | 2 | |
| Constitucion......... | 2 | 1 | 6 | | |
| **LINARES.** | | | | | |
| Linares............. | 3 | 1 | 9 | | |
| Parral.............. | 2 | 1 | 6 | 2 | 1 |
| Loncomilla.......... | 1 | 1 | 3 | | |
| **TALCA.** | | | | | |
| Talca............... | 5 | 1 | 15 | 2 | |
| Lontué.............. | 1 | 1 | 3 | | |
| **CURICO.** | | | | | |
| Curicó.............. | 3 | 1 | 9 | 2 | 1 |
| Vichuquen........... | 2 | 1 | 6 | | |

| PROVINCIAS I DEPARTAMENTOS. | DIPUTADOS. Propietarios | Suplentes. | Electores de [illegible]ente. | SENADORES. Propietarios. | Sup ent s, |
|---|---|---|---|---|---|
| **COLCHAGUA.** | | | | | |
| San Fernando........ | 4 | 1 | 12 | 3 | 1 |
| Caupolican.......... | 4 | 1 | 12 | | |
| **SANTIAGO.** | | | | | |
| Santiago............. | 10 | 1 | 30 | | |
| Rancagua........... | 5 | 1 | 15 | 6 | 1 |
| Victoria............. | 2 | 1 | 6 | | |
| Melipilla............. | 2 | 1 | 6 | | |
| **VALPARAISO,** | | | | | |
| Valparaiso........... | 5 | 1 | 15 | | |
| Casablanca........... | 1 | 1 | 3 | | |
| Limache............. | 1 | 1 | 3 | 3 | 1 |
| Quillota............. | 2 | 1 | 6 | | |
| **COLCHAGUA,** | | | | | |
| San Felipe.......... | 2 | 1 | 6 | | |
| Andes............... | 2 | 1 | 6 | | |
| Ligua............... | 1 | 1 | 3 | 3 | 1 |
| Putaendo ........... | 1 | 1 | 3 | | |
| Petorca............. | 2 | 1 | 6 | | |

| PROVINCIAS I DEPARTAMENTOS. | DIPUTADOS. Propietarios. | DIPUTADOS. Suplentes. | Electores de presidente. | SENADORES. Propietarios | SENADORES. Suplentes |
|---|---|---|---|---|---|
| COQUIMBO. | | | | | |
| Serena.............. | 1 | 1 | 3 | 3 | 1 |
| Combarbalá.......... | 1 | 1 | 3 | | |
| Illapel............. | 2 | 1 | 6 | | |
| Ovalle.............. | 3 | 1 | 9 | | |
| Coquimbo............ | 1 | 1 | 3 | | |
| Elqui............... | 1 | 1 | 3 | | |
| ATACAMA. | | | | | |
| Copiapó............. / Caldera............. | 2 | 1 | 6 | 1 | 1 |
| Vallenar............ | 1 | 1 | 3 | | |
| Freirina............ | 1 | 1 | 3 | | |
| Total............... | 108 | 53 | 324 | 37 | 17 |

Milton Keynes UK
Ingram Content Group UK Ltd.
UKHW022133290424
441966UK00003B/72

9 783368 050924